Analyse

Le signal

Maxime Chattam

lePetitLittéraire.fr

Analyse de l'œuvre

Par Elise Vander Goten

Le signal

Maxime Chattam

Rendez-vous sur lepetitlitteraire.fr et découvrez :

Plus de 1200 analyses
Claires et synthétiques
Téléchargeables en 30 secondes
À imprimer chez soi

LE SIGNAL

UN THRILLER HORRIFIQUE

- **Genre :** roman
- **Édition de référence :** *Le Signal,* Paris, Albin Michel, 2018, 671 p. [ebook]
- **1re édition :** 2018
- **Thématiques :** paranormal, fantômes, meurtre, enquête, police, viol, famille, technologie, mort.

Paru le 24 octobre 2018, *Le Signal* de Maxime Chattam raconte l'histoire des Spencer, une famille new-yorkaise venue s'installer à Mahingan Falls. Ils pensent alors emménager dans une petite ville sans histoires, lorsqu'ils sont confrontés à des phénomènes de plus en plus étranges et inexplicables. S'ils refusent dans un premier temps d'envisager l'hypothèse paranormale, les preuves ne mentent pas et bientôt, l'évidence s'impose : Mahingan Falls est hanté.

Les manifestations fantastiques qui constituent le cœur de l'intrigue, mêlées au sentiment de peur qu'instille Maxime Chattam au fil des pages, rattachent ce roman au genre de l'horreur. L'auteur envisage d'ailleurs son livre comme un hommage assumé aux maitres en la matière : Stephen King et H.P. Lovecraft. Son intention, en confrontant ses personnages à leurs peurs, est d'interroger l'espèce humaine et la société dans laquelle elle vit.

Le Signal est son 23ᵉ roman, et constitue pour le romancier un énième succès, puisqu'il se hisse dès la semaine de sa sortie en tête des ventes de romans et en sixième position du Top 20 de GFK/Livres Hebdo tous genres confondus.

MAXIME CHATTAM

ÉCRIVAIN FRANÇAIS

- **Né en 1976 à Herblay (Val-d'Oise)**
- **Quelques-unes de ses œuvres :**
  - *L'âme du mal* (2002), roman
  - *Les Arcanes du chaos* (2006), roman
  - *L'Alliance des Trois* (2008), roman

Maxime Drouot est né le 19 février 1976 à Herblay, dans le Val-d'Oise. Son enfance est marquée par de nombreux déménagements, et plus particulièrement par un séjour à Portland dans l'Oregon, dont les paysages imprègneront ses souvenirs et son œuvre.

Durant son adolescence, il envisage une carrière d'acteur et suit les Cours Simon à Paris. Il décroche par la suite quelques rôles dans des publicités, à la télévision et au théâtre, tout en écrivant en parallèle *Le Coma des mortels*, son premier roman, qu'il achève en 1998, mais qu'il ne publiera que des années plus tard, en 2016.

En 1999, il renonce cependant à sa carrière de comédien et, après avoir cumulé des petits boulots pendant quelque temps, il décide de poursuivre des études de lettres modernes. Il écrit durant cette période *Le Cinquième Règne*, son premier thriller, qu'il ne publiera qu'en 2003 sous le nom de Maxime Williams. Il est ensuite engagé à la Fnac en tant que libraire, affecté au rayon des romans policiers, puis reprend des études de criminologie. Cette nouvelle année d'apprentissage lui permet d'approfondir la psychologie des personnages de son nouveau livre, *L'âme du mal*. Premier volet de la *Trilogie du mal*, ce roman parait aux éditions Michel Lafon en 2002 sous le pseudonyme de Maxime Chattam, tiré du nom d'une ville aux États-Unis. Il publie les deux tomes suivants chez le même éditeur, avant de passer en 2006 chez Albin Michel, auprès de qui il publie plusieurs séries de romans.

RÉSUMÉ

Désireux de fuir l'agitation new-yorkaise, Olivia Burdock et son époux Tom Spencer décident d'acheter une ferme à Mahingan Falls, petit écrin de verdure non loin de Salem, ceint d'une part par la mer, et d'autre part par les flancs du Mont Wendy. Ils emménagent avec leur fille, Zoey, âgée de deux ans, leur fils, Chad, âgé de 13 ans, et Owen, leur neveu, âgé lui aussi de 13 ans.

À peine ont-ils défait leurs cartons qu'Olivia et Tom engagent Gemma, une jeune adolescente habitant la ville, pour faire du babysitting. Le courant passe tout de suite très bien entre les enfants et Gemma, qui présente les deux garçons à Corey, son frère du même âge, et à Connor, le meilleur ami de ce dernier.

Parents et enfants s'efforcent dès lors de trouver leurs marques et de profiter de leur été en toute quiétude. Le havre de paix que semble être Mahingan Falls est cependant témoin de plusieurs phénomènes étranges, à commencer par la disparition de Lise Roberts, une jeune fille de seize ans qui s'est évaporée un mois plus tôt alors qu'elle gardait les enfants d'une famille de la région.

Depuis, les drames se succèdent : une femme se jette sous les roues d'une voiture, Cooper Valdez tombe de son bateau et se noie, Rick Murphy, un plombier qui s'était aventuré sous la terrasse d'un de ses clients, est écrasé par une chape de béton et dévoré par ce qui a tout l'air d'une bête sauvage. Warden, le chef de la police ne s'inquiète pas pour autant. Il veut autant que possible éviter d'impliquer le district voisin, mais Ethan Cobb, lieutenant venu tout droit de Philadelphie, ne l'entend pas de cette oreille. Il mène sa propre enquête aux côtés d'Ashley Foster, une autre flic.

La maison des Spencer est elle aussi le théâtre de phénomènes inquiétants, puisque Zoey ne parvient pas à trouver le sommeil, tandis qu'Olivia ressent une présence pendant la nuit. Quant à Chad, il est mordu par une mystérieuse créature qu'il prend pour Owen alors qu'il parcourt les allées d'un labyrinthe en carton qu'il vient de construire avec son cousin.

Quelques jours plus tard, alors que Chad, Owen, Corey et Connor marchent à travers un champ de maïs, ils croisent la route d'un épouvantail, surmonté d'une citrouille grouillant de vers en guise de tête, avec de part et d'autre des râteaux à la place des bras. Non sans un frisson, ils passent néanmoins leur chemin et avancent d'un bon pas, si bien qu'Owen ne tarde pas à se faire distancer. Seul au milieu des épis de maïs, il est alors poursuivi par l'épouvantail, qui a soudainement pris vie et menace de le tuer avec ses râteaux. Après avoir reçu un coup de la part de la créature, il s'évanouit et à son réveil, il est entouré de son cousin et de ses amis, qui rechignent à le croire, jusqu'à ce que l'épouvantail les prenne en chasse à leur tour. Ils se réfugient dans une ravine, où pour une raison qui leur échappe, l'épouvantail ne peut les suivre.

À la nuit tombée, Chad et Owen l'aperçoivent devant la ferme, à travers une fenêtre. Ils en concluent que cette créature, quelle qu'elle soit, risque à tout moment de revenir pour les tuer, si bien qu'après s'être concertés avec Corey et Connor, ils décident de partir la retrouver dans les champs armés de lance-flammes artisanaux, fusils à eau remplis d'essence et munis de briquets. De retour dans le champ de maïs, Connor s'apprête à enflammer l'épouvantail redevenu immobile, lorsqu'intervient Dwayne Taylor, le fils du fermier à qui appartient le champ. Dans un premier temps furieux de l'intrusion des quatre adolescents sur la propriété, il se calme instantanément quand ils lui parlent de l'épouvantail, qu'il a un jour aperçu bouger. Leur conversation est interrompue par ce même épouvantail, qui massacre Dwayne Taylor. Chad, Owen, Connor et Corey, quant à eux, se réfugient à nouveau dans la ravine, à l'orée de laquelle Connor utilise son lance-flamme pour bruler le monstre.

Bien qu'ils ignorent tout du combat que mènent leurs enfants, Tom et Olivia voient eux aussi leur rationalité mise à rude épreuve.

Olivia a en effet commencé à travailler pour une radio locale, dont les ondes ont été piratées dès son premier jour. Interrogée à ce propos par de prétendus agents de la FCC (*Federal Communications Commission* : une agence chargée de réguler les télécommunications en sanctionnant la diffusion de contenu obscène ou blasphématoire à la radio, à la télévision ou sur Internet) qu'elle trouve plus que louches, elle rapporte leur conversation au lieutenant Cobb.

En ce qui concerne Tom, les appréhensions d'Olivia et les pleurs de sa fille l'ont amené à considérer l'idée d'une présence paranormale entre ses murs, et il entame des fouilles dans le grenier de la ferme. Il y trouve une pièce secrète, cachée derrière une cloison, où sont entassés vingt-huit carnets remplis des notes de Gary Tully, le précédent propriétaire. Pendant toute sa vie, celui-ci a en effet mené des recherches sur les phénomènes paranormaux, qu'il consignait dans ses carnets. Il y rapporte également avoir emménagé dans la Ferme dans le but d'assister à une manifestation du fantôme de la précédente occupante, Jenifael Achak, injustement accusée de sorcellerie et brulée vive à Salem au XVIIe siècle.

Après avoir interrogé son voisin Roy, Tom apprend que ses recherches infructueuses ont mené Gary Tully à se pendre dans ce qui est à présent la chambre de Zoey. Emménage ensuite à la ferme la famille Blayne, dont la fille se suicide également quelques années plus tard. À la suite de ce drame, son père met lui aussi fin à ses jours, et la mère est internée dans un hôpital psychiatrique, murée dans le silence.

Oscillant entre une rationnelle incrédulité et une franche inquiétude, Tom ne sait comment réagir suite à ces découvertes. Il décide finalement d'en faire part à Olivia après qu'une femme l'ait appelée lors de l'une de ses émissions en direct pour lui dire qu'une créature s'était introduite chez elle et lui avait demandé de se suicider à l'antenne.

Entretemps, Owen et Chad ont fait leur rentrée dans leur nouvelle école. Un jour où Owen est seul dans les toilettes de l'établissement, un nouveau monstre l'attaque. Il en parle aussitôt à Chad et ses amis, et après s'être renseignés sur l'histoire du lieu, ils découvrent que le sol où est construit leur école a été abreuvé du sang des Indiens par les colons. Ils décident alors de se procurer un plan des égouts qui se trouvent sous l'école pour s'y infiltrer et tuer les fantômes qui s'y cachent. Avant de passer à l'action, ils préfèrent néanmoins se confier à Gemma et parviennent à la convaincre de les accompagner. Sceptique, elle appelle toutefois le lieutenant Cobb, qui accepte d'aller jeter un œil dans les souterrains, suivi à son insu par les cinq adolescents. Ils y sont poursuivis par des monstres, qu'ils parviennent de nouveau à vaincre à l'aide des lance-flammes fabriqués par Connor.

À présent persuadé qu'une explication paranormale se cache derrière tous les faits divers sordides sur lesquels il enquête, Ethan Cobb parvient ensuite à retrouver les prétendus agents de la FCC qu'avait rencontrés Olivia et intercepte leur véhicule. Ils révèlent travailler pour OCP, un groupe de télécommunications ayant développé récemment une technologie capable d'amplifier les ondes et, par ce moyen, d'entrer en contact avec les esprits de personnes décédées. Ils ont secrètement mis en place cette technologie sur l'antenne-relai de Mahingan Falls afin de réaliser une expérience à petite échelle avant de commercialiser leur découverte. Ils n'avaient pas prévu qu'il y aurait des victimes. Ces débordements sont dus aux éruptions solaires qui au cours de l'été ont été plus fréquentes et intenses que d'ordinaire, favorisant ainsi les déplacements des énergies coercitives. Ils sont revenus en ville afin de couper le signal à l'approche d'une éruption particulièrement violente, dont ils craignent qu'elle ne conduise à une véritable catastrophe.

Ethan s'empresse d'avertir les Spencer, mais il est trop tard. Les fantômes de Mahingan Falls se sont réveillés et massacrent tous les êtres humains qu'ils croisent sur leur passage, y compris Gemma, Connor et Ashley, qui perdent la vie.

Tandis que la ville est en proie à un chaos sans précédent, Tom, Ethan et Owen se rendent dans les champs pour rejoindre le transformateur de la ville, couper l'électricité et ainsi interrompre l'arrivée d'ondes. Ils y parviennent et le massacre prend fin, mais Tom est fauché par une moissonneuse-batteuse hantée.

Devenue veuve, Olivia retourne à New York avec Chad et Owen, tandis qu'Ethan Cobb démissionne. Sa hantise, désormais, est de savoir que le gouvernement, qui met le carnage de Mahingan Falls sur le compte d'une hallucination collective, dispose des dangereuses technologies de OCP.

ÉTUDE DES PERSONNAGES

OLIVIA BURLOCK

Ex-animatrice d'un show télévisé, Olivia Burlock est une quadragénaire au physique avantageux et soigné. Grande et fine, ses cheveux sont longs et blonds, ses yeux verts et sa dentition parfaite.

Sa jeunesse est marquée par sa relation complexe avec ses parents, peu empreints à communiquer sur leurs émotions. Le manque d'affection qu'elle ressent enfant se traduit dans sa vie d'adulte par une envie d'être aimée du plus grand nombre. Animée par une ambition débordante, elle se bat par conséquent pour travailler dans les médias et parvient à décrocher un premier poste qui fait décoller sa carrière. Après avoir travaillé quelque temps à la radio, elle se voit en effet confier sa propre émission de télévision, *Sunrise America Daily Show*, qu'elle présente pendant plusieurs années.

Elle est mariée à Tom Spencer, avec qui elle entretient une relation basée sur la confiance et la communication. Ils vivent à New York avec leur fils, Chad, et leur fille, Zoey, des enfants auxquels Olivia s'efforce de donner tout l'amour qu'elle n'a pas reçu plus jeune. Elle se décrit elle-même comme une louve, prête à tout pour protéger ceux qu'elle aime. Lorsque sa sœur et le mari de celle-ci meurent dans un accident de voiture, Tom et Olivia recueillent leur fils, Owen, qui a échappé à ce destin tragique. Prenant à cœur son rôle de tante et de mère adoptive, Olivia s'efforce de faire de son mieux pour aider son neveu à surmonter le traumatisme de la perte de ses parents tout en faisant son propre deuil.

Cette perte est d'autant plus douloureuse qu'elle traverse une période de remise en question profonde vis-à-vis de son travail, qui ne l'amuse plus autant qu'avant. La passion qu'elle ressentait à ses débuts lui manque, et elle n'est plus certaine d'avoir sa place dans ce milieu avide de jeunesse. Alors qu'elle s'interroge sur le sens de son métier, elle propose à son mari Tom une escapade d'un weekend à Mahingan Falls, une ville de Nouvelle-Angleterre, pour visiter une ferme rénovée pour laquelle une de leurs connaissances leur a proposé un bon prix lors d'une soirée mondaine. Bien qu'ils n'envisagent pas sérieusement de déménager, en découvrant la maison, ils entrevoient un bonheur d'une tout autre envergure que celui qu'ils partagent à New York et décident finalement d'acheter.

Entre ces murs, Olivia espère se retrouver elle-même ainsi que l'ardeur et l'exaltation qu'elle ressentait plus jeune, quand elle faisait de la radio. Elle se fait donc embaucher par une radio locale avec peu d'audience, mais qui lui offre la possibilité de faire ce qu'elle aime en s'affranchissant de la pression que la célébrité exerçait sur elle.

TOM SPENCER

Âgé d'une quarantaine d'années, Tom Spencer est un dramaturge en plein déclin, au front légèrement dégarni et au ventre quelque peu rebondi.

Davantage réservé que sa femme Olivia, il aime les travaux intellectuels qui requièrent le calme, l'isolement et la solitude. Plongé dans l'écriture d'une pièce, il traverse ainsi des phases de concentration intense, lors desquelles il peine à interagir avec sa femme et ses enfants. Le reste du temps, il est toutefois un mari et un père aimant, soucieux du bonheur de sa famille. Il est ainsi caractérisé par une grande bienveillance, à l'égard des siens comme des autres.

Si au début de sa carrière, ses pièces, jouées dans le monde entier, ont remporté un certain succès, il a par la suite été accusé par la critique de ne pas se renouveler suffisamment. Sa dernière pièce a d'ailleurs été très mal reçue par le public, et a causé grand tort à sa réputation d'auteur, les agents allant jusqu'à déconseiller aux comédiens de jouer ses textes. Cet échec l'a conduit à envisager de quitter New York pour revenir à une vie plus calme, loin des journalistes et de ses collègues dramaturges. Aussi se projette-t-il très facilement lorsqu'il visite la ferme de Mahingan Falls avec Olivia, qui le pousse à lui confier ses envies et ses besoins.

En quelques mois à peine, le couple opère ainsi un changement drastique dans son quotidien, en renonçant à tous ses repères et en s'installant dans cette petite ville, loin de l'effervescence à laquelle il est habitué. Aspirant à plus de simplicité, Tom espère de cette manière retrouver l'inspiration nécessaire pour signer de nouvelles pièces, aussi bonnes que les premières qu'il avait fait jouer. De nature névrosée, il reste cependant anxieux à l'idée que lui et Olivia aient commis une erreur en prenant cette décision et craint de ne pas trouver sa place dans cette nouvelle communauté, où tout le monde sait tout sur tout le monde et où la vie privée est une denrée rare.

CHAD

Chadwick, surnommé Chad, est un adolescent de 13 ans qui a grandi à New York aux côtés de sa mère et de son père, tous deux des parents très attentionnés. Il est plutôt grand pour son âge, avec de larges épaules et des bras musclés, et porte ses cheveux courts, coupés en brosse.

Avide d'indépendance, il commence doucement à s'affranchir de l'autorité parentale, et à affirmer son caractère bien trempé lorsque sa famille emménage à la ferme. Pour autant, il n'a pas tout à fait tourné le dos à son enfance. L'âge adulte le fascine autant qu'il l'effraie, et il ne se sent pas encore prêt à renoncer à ses jeux parfois puérils pour s'intéresser aux filles. Aussi est-il enchanté de quitter New York pour Mahingan Falls, son skateparc et ses forêts verdoyantes, où il espère vivre maintes aventures avec son cousin Owen, qu'il considère comme son frère.

Un an et demi après l'emménagement de ce dernier chez les Spencer, les deux adolescents passent en effet presque tout leur temps ensemble et, même si la soumission d'Owen à Tom et Olivia agace parfois Chad, ils s'entendent assez bien la plupart du temps et sont rapidement devenus très proches.

OWEN

Owen est un adolescent de 13 ans au visage poupon et aux cheveux hirsutes, plus petit que la plupart des garçons de son âge.

Ses parents ont perdu la vie dans un accident de voiture alors qu'il avait 11 ans, suite à quoi il a été recueilli par son oncle et sa tante, Tom et Olivia. Le couple s'efforce depuis d'être présent pour le garçon, en l'entourant d'une présence rassurante sans être pour autant étouffante. Inquiète du traumatisme qui pourrait peser sur lui, Olivia en particulier est aux petits soins pour son neveu, qui parle assez peu de l'accident qui l'a rendu orphelin et ne se sent pas encore prêt à déballer les affaires de ses parents. Entouré de tant d'amour et bienveillance, Owen s'est ainsi rapidement intégré à sa nouvelle famille.

Son père et sa mère lui manquent bien sûr terriblement, mais il met un point d'honneur à dissimuler ses émotions face à ses amis, dont il craint le jugement. Plus sensible et peureux que Chad, Connor et Corey, il redoute en effet que sa différence ne l'ostracise du reste du groupe.

Empreint d'une grande reconnaissance envers ses parents adoptifs, il est également plus sage, obéissant et réservé que Chad, son cousin, qui le pousse à sortir de sa coquille.

GEMMA DUFF

Gemma est une adolescente de 17 ans à la chevelure d'un roux flamboyant. À un an de la fin du lycée, elle cherche à rassembler de l'argent afin de quitter Mahingan Falls et d'aller à l'université. Son père les ayant abandonnés elle et son frère Corey, sa mère cumule en effet deux emplois pour payer les études de ses enfants. Agente d'accueil à l'hôpital de Salem le jour et standardiste téléphonique la nuit, elle est souvent absente, si bien que Gemma est souvent seule à la maison avec Corey. Vu la situation financière difficile de sa famille, la jeune fille est ravie lorsque l'opportunité se présente à elle de travailler pour la famille Spencer-Burdock, d'autant qu'elle a un bon contact avec les enfants. Réputée pour son sérieux et sa grande fiabilité au sein de la petite communauté de Mahingan Falls, elle est engagée sans difficulté et devient rapidement une membre à part entière de la famille. Elle se rapproche en particulier d'Olivia qui, en l'absence de sa mère, prête une oreille attentive aux problèmes de l'adolescente et montre un soutien indéfectible à son égard.

Gemma traverse effectivement des heures très difficiles, après avoir été agressée sexuellement par Derek Cox, un garçon de son lycée. Si elle rechigne dans un premier temps à partager sa douleur, Olivia la pousse à se confier à elle, puis l'emmène porter plainte au commissariat. Le chef de police refusant de donner suite à cette affaire, la mère de famille rendra elle-même justice, en menaçant et en clouant à un mur Derek Cox.

Entourée de la famille Spencer, Gemma parvient ainsi à se reconstruire et à envisager un avenir plus radieux. Quelques semaines plus tard, elle tombe même amoureuse d'un garçon de son lycée nommé Adam.

ETHAN COBB

Ethan Cobb est originaire de Philadelphie. Ayant grandi dans une famille de policiers, c'est tout naturellement qu'il poursuit sur la même voie que son père, son grand-père et son arrière-grand-père avant lui et s'engage dans la police de Philadelphie. Jake Cobb, son frère, fait de même, mais ne parvient pas à gérer la pression inhérente à ce métier comme le reste de la famille. Après que sa femme l'ait quitté, il perd définitivement pied et ouvre le feu dans un commissariat. Il tue ainsi onze de ses collègues avant d'être lui-même abattu.

Suite à ce drame, Ethan éprouve une grande culpabilité de ne pas avoir su voir ni comprendre le malêtre de son frère. De plus, les regards de ses collègues deviennent difficiles à supporter, sans compter que son mariage est en pleine crise. Lui et sa femme Janice, qui appartient également aux forces de police, ont effectivement tous deux des personnalités explosives et ne parviennent plus à s'entendre. Après son divorce, Ethan décide néanmoins de continuer à exercer son métier, mais quitte son poste à Philadelphie pour en accepter un autre à Mahingan Falls, petite ville réputée pour son faible taux de criminalité. S'il espère y trouver une certaine sérénité, il est rapidement confronté à des scènes de crime atroces, qui réveillent son instinct professionnel et le poussent à mener sa propre enquête, à l'insu du chef Warden qui préfère ne pas faire de vagues.

Il est épaulé dans ses investigations par Ashley Foster, une policière pour laquelle il ressent une grande attirance, et avec laquelle il entretient une relation de plus en plus ambigüe bien qu'elle soit mariée.

CLÉS DE LECTURE

LE GENRE HORRIFIQUE

Distinction entre horreur et fantastique

Le Signal de Maxime Chattam appartient au genre littéraire fantastique, qui se définit par l'intervention dans le monde réel de phénomènes irrationnels suscitant la peur chez des personnages fictionnels. Les Spencer-Burdock mènent en effet une vie ordinaire, ancrée dans le monde réel et ponctuée de barbecue entre voisins, lorsque surviennent les premières manifestations surnaturelles à Mahingan Falls. Une ville certes imaginaire, mais que Chattam a pensée comme un archétype de la société américaine, visant à être aussi réaliste que possible afin d'appuyer le contraste entre le réel et le fantastique, et un univers d'autant plus crédible que les personnages réagissent face à l'inexplicable comme n'importe quelle personne sensée et rationnelle, par la peur et le déni…

Le fantastique constitue cependant une appellation large, qui englobe des récits très différents les uns des autres. Il n'est pas rare qu'il soit combiné à d'autres genres littéraires, et comprend par ailleurs de multiples sous-genres, notamment le genre horrifique, qui est lui aussi caractérisé par l'irruption de l'irrationnel dans un monde rationnel, à la différence que le sentiment de peur s'y trouve exacerbé par rapport au fantastique. Poussée à son paroxysme par le biais de descriptions sanglantes de corps en décomposition et de sévices abominables, la peur est ainsi mue en effroi, tandis que les tabous autour du corps, de ses organes internes et de la souffrance physique sont abolis par l'auteur, qui par la crudité de ses propos cherche à susciter le dégout, l'angoisse et le malaise.

Si on adopte une approche plus spécifique, *Le Signal* peut donc également être considéré comme horrifique. Effectivement, Maxime Chattam s'attarde longuement dans ce roman sur l'odeur de la chair en putréfaction des cadavres que retrouve Ethan Cobb, ainsi que sur les circonstances abominables de leur mort. Aucun détail n'est épargné au lecteur, qui ne peut qu'imaginer avec répulsion la souffrance ressentie par les victimes.

L'apparition du genre horrifique en France : une influence américaine sur le marché éditorial français

Bien qu'il soit français, Maxime Chattam signe avec *Le Signal* un roman appartenant au genre horrifique, d'origine anglo-saxonne, et dont l'intrigue, qui plus est, se déroule aux États-Unis. L'influence de la culture américaine sur son œuvre apparait dès lors évidente, et peut s'expliquer en regard de la trajectoire historique de la littérature d'épouvante.

Le roman d'horreur tire en effet son origine du roman gothique, apparu en Angleterre au XVIIIe siècle, et mettant en scène des personnages confrontés à des apparitions fantomatiques dans des châteaux hantés. Ce courant est alors principalement représenté par

Mary Shelley, autrice de *Frankenstein*, et Bram Stocker, l'auteur de *Dracula*, deux auteurs anglais dont les romans, jugés trop populaires, sont méprisés par les élites de l'époque. En dépit des critiques, le genre horrifique connait néanmoins un véritable essor aux États-Unis avec H.P. Lovecraft au XIXe siècle, puis avec Stephen King au siècle suivant.

Son apparition est plus tardive en France, puisqu'il faut attendre les années 1980 pour que des éditeurs français, voyant le succès de ce type d'écrits en Amérique du Nord, décident de reproduire le modèle américain. Le paysage éditorial français voit ainsi fleurir diverses collections horrifiques, publiant dans un premier temps des traductions de romans d'épouvante nord-américains, puis des productions nationales. Celles-ci sont le résultat de commandes à des auteurs français émérites, mandatés pour reproduire la recette américaine. Si l'aspect très commercial de la démarche ainsi que la violence inhérente à ce type de littérature donnent lieu à de vives critiques, l'importation du genre horrifique en France n'en reste pas moins un succès. Le public est conquis, tout comme les auteurs français, inspirés par ces bestsellers américains. Maxime Chattam revendique d'ailleurs *Le Signal* comme un hommage aux maitres de l'horreur King et Lovecraft...

> **Le saviez-vous ?**
>
> Les premiers récits horrifiques sont des contes, qui n'étaient pas destinés aux enfants à l'origine. Ils ont été adaptés à un public plus jeune au XVIIe siècle par Charles Perrault, dans un recueil intitulé *Les Contes de la mère l'Oye*, visant à inculquer des valeurs aux jeunes enfants.

ÉTUDE DU STYLE AMÉRICAIN D'UN BESTSELLER FRANCOPHONE

Depuis les années 2000, de plus en plus d'auteurs français parmi les plus connus prennent le parti de situer les intrigues de leurs romans aux États-Unis plutôt que dans l'Hexagone. Guillaume Musso, Marc Levy, Joël Dicker, etc. : les exemples sont nombreux. Ces bestsellers internationaux écrits en français remportent d'ailleurs un grand succès auprès du public, qui peut ainsi se plonger dans un environnement dépaysant sans être pour autant déroutant, car rendu familier par les séries télévisées américaines.

Le Signal de Maxime Chattam constitue un bon exemple de ce phénomène, puisque l'intrigue se déroule en Nouvelle-Angleterre... Comme bon nombre d'auteurs français en vogue aujourd'hui, Maxime Chattam y développe des stratégies d'américanisation de son texte, visant à renforcer la crédibilité de son roman et à donner au lecteur l'illusion d'une traduction française d'un thriller américain.

Il recourt par exemple aux anglicismes, mots anglais passés dans la langue française, en particulier pour les toponymes (*Maple Street, Main Street, North Fitzgerald Street, West Spring Street, Church Street, Salem Village, Mahingan Head, l'Upper East Side, Oceanside Residences*, etc.). Il ne traduit pas non plus les noms d'institutions officielles telles que le *FCC, Federal Communications Commission*, et l'*Enforcement Bureau,* ni le nom de l'émission d'Olivia, *Sunrise America Daily Show.* Enfin, la fille d'Olivia et Tom est à de nombreuses reprises appelée *baby Zoey.*

Maxime Chattam intègre également dans son texte de nombreux segments touristico-didactiques, permettant de guider le lecteur dans un cadre qui lui est étranger tout en rattachant l'histoire de Mahingan Falls à celle de l'Amérique. Il donne de cette manière davantage de consistance et de vraisemblance à cette ville qu'il a imaginée :

> « Dans la frénésie religieuse qui avait accompagné les premiers colons, chaque confession y avait été de sa démonstration de force en bâtissant son lieu de culte. Parfois au sein du même village, plusieurs églises vouées à un dogme strictement identique sortaient de terre pour une simple question d'influence, de pouvoir ou de rivalité. » (p. 334, chapitre 35)

> « La promenade consistait en une longue et large jetée de bois parallèle à la rue. Surplombant l'océan de plus de cinq mètres à marée haute et de dix sur le fond sablonneux, elle avait été bâtie dans les années 80 pour enfin donner à la foire

annuelle de Mahingan Falls une aire d'exposition digne de ce nom. » (p. 209, chapitre 21)

Ce genre de passages descriptifs, de même que les anglicismes, sont de plus en plus utilisés par les auteurs français en tête des ventes et contribuent au développement d'un style américain en France. Maxime Chattam n'est pas le seul chez qui on peut l'observer : il s'agit d'un phénomène général, dû à l'influence de la culture américaine sur la culture européenne.

Le saviez-vous ?

Le procédé des segments touristico-didactiques est aussi employé par les feuilletonistes du XIXᵉ siècle pour guider le lecteur à travers des milieux en proie au grand banditisme, dont il n'est pas habitué à l'argot.

Ces feuilletonistes écrivent des romans dont les épisodes paraissent de semaine en semaine dans les journaux et sont destinés à un public populaire. Comme le seront par la suite les auteurs de romans horrifiques, ils sont vivement critiqués par les élites, inquiètes à l'idée que leurs romans portent atteinte à la moralité des lecteurs, et que la démarche commerciale qui en est à l'origine ne nuise au prestige de la littérature.

Les œuvres de Charles Dickens, Alexandre Dumas et Honoré de Balzac, qui furent tous trois feuilletonistes à leurs débuts, sont pourtant considérées aujourd'hui comme des classiques incontournables de la littérature française...

LES MÉCANISMES DE LA PEUR

Un jeu sensoriel et un cadre réaliste

Si la peur est une composante essentielle du genre fantastique, elle est absolument indispensable au genre horrifique. Pour susciter ce sentiment chez son lecteur, Maxime Chattam recourt à deux principaux mécanismes, rouages essentiels au bon fonctionnement de plusieurs de ses romans, dont *Le Signal*.

Le premier repose sur l'imaginaire sensoriel de son lecteur, l'odorat étant tout particulièrement sollicité. Comme mentionné plus haut, *Le Signal* comporte en effet nombre de descriptions très précises et imagées de l'odeur de putréfaction. Celles-ci sont d'autant plus évocatrices qu'elles sont fondées sur des comparaisons avec des odeurs de la vie quotidienne. Il mentionne par exemple les effluves nauséabonds d'un « bol de lait en pleine canicule » (p. 57, chapitre 5), de « fruits avariés » et d'« urine de chat » (p. 173, chapitre 17). Convoquer ainsi des souvenirs familiers pour le lecteur permet non seulement de renforcer le sentiment d'identification qu'il peut éprouver vis-à-vis du personnage principal, mais aussi de rendre le récit plus immersif. Il n'est plus dès lors qu'un simple observateur, mais un acteur à part entière de la scène, qu'il vit par procuration.

Outre leur nez, Maxime Chattam en appelle également aux oreilles de ses lecteurs. Les bruits légers liés à la nature sauvage, tels que « le craquement des feuilles sur le sol » (p. 245, chapitre 24), « la brise du vent »

(p. 349, chapitre 37) et « le bruissement des céréales » (p. 550, chapitre 65), contribuent par exemple à installer une atmosphère pesante et angoissante. Quant aux silences assourdissants (p. 9, prologue, p. 21, chapitre 1, p. 22, chapitre 1, p. 116, chapitre 11, p. 624, chapitre 78, etc.), ils annoncent en général des scènes très violentes, accompagnées cette fois de bruits très puissants (les victimes des énergies coercitives voient notamment leurs « os broyés résonner contre le carrelage » [p. 22, chapitre 1]).

Le second mécanisme employé par Maxime Chattam pour susciter la peur chez son lecteur repose sur la mise en place d'un univers tout à fait réaliste, semblable au nôtre, de sorte que les prodiges fantastiques qui s'y produisent nous apparaissent comme une réelle menace. Au début de son roman, l'auteur prend ainsi le temps de décrire des scènes tout à fait banales de la vie quotidienne (un couple qui fait ses courses, un homme qui prend une bière avec son voisin, un diner en famille, etc.) afin d'établir un cadre qui nous est familier. Nous pouvons de cette manière facilement nous identifier à ces personnages, dont le quotidien parait si similaire au nôtre. Lorsque, dans un second temps, ces moments de vie ordinaires sont transformés en scènes horrifiques, le lecteur s'imagine de ce fait sans difficulté à la place du personnage qui en fait l'expérience.

Tandis que Kate McCarthy prend un bon bain chaud, son sachet de rasoirs tombe ainsi dans l'eau chaude et les lames commencent à s'en prendre à elle, jusqu'à ce qu'il ne reste de son corps qu'une bouillie de chair et de sang.

De même, le barbecue des Spencer tourne au cauchemar lorsque leur chien Smaug saute dans les flammes et se suicide. Dans l'un et l'autre cas, les circonstances du drame sont banales. Il s'agit de scènes dont nous avons tous un jour fait l'expérience et qui, dans ce cas précis, ont mal tourné.

La peur pour engager une critique sociétale

Si Maxime Chattam ne bascule jamais totalement dans le fantastique et s'attache à représenter dans *Le Signal* un monde aussi ressemblant que possible à la réalité, c'est afin de pousser son lecteur à poser un regard critique sur la société contemporaine. La peur n'est qu'un prétexte pour le questionner sur le monde qui l'entoure.

Le réveil des énergies coercitives de Mahingan Falls est en effet causé par le développement d'une nouvelle technologie révolutionnaire qui permet d'amplifier les ondes, déjà omniprésentes dans notre civilisation, et le massacre qui en découle est présenté comme la conséquence punitive de ce soi-disant « progrès » scientifique. L'auteur souligne de cette manière le risque d'une perte de contrôle de nouvelles technologies potentiellement dangereuses, qui engendreraient davantage d'effets négatifs, représentés sous la forme de monstres assoiffés de sang, que d'effets positifs pour l'humanité.

La colère des fantômes est par ailleurs due aux mauvais comportements des hommes à travers l'histoire, puisqu'il s'agit principalement des esprits d'Indiens massacrés par les colons américains plusieurs siècles auparavant.

En définitive, ce ne sont donc pas ces esprits vengeurs les véritables monstres, mais la société humaine et ses travers. Roy, le voisin des Spencer résume assez bien ce point de vue, lorsqu'il affirme que « l'homme, à force de vouloir se prendre pour Dieu, a peut-être ouvert la porte des enfers » (p. 529, chapitre 62).

PISTES DE RÉFLEXION

QUELQUES QUESTIONS POUR APPROFONDIR SA RÉFLEXION...

- Listez les caractéristiques qui permettent de considérer *Le Signal* comme un thriller.

- Comparez le personnage de Derek Cox aux monstres de Mahingan Falls. En quoi doit-il en être rapproché ? En quoi s'en distingue-t-il ?

- Olivia a-t-elle raison de rendre justice elle-même en s'en prenant à Derek Cox ? Argumentez en sa faveur et en sa défaveur.

- Trouvez dans *Le Signal* un exemple de segment touristico-didactique qui n'a pas été mentionné dans les clés de lecture. Expliquez en quoi il permet d'américaniser le texte.

- L'ouïe et l'odorat occupent une place essentielle dans la narration de ce roman. Comment la vue et le toucher sont-ils exploités ? Trouvez un exemple pour chacun de ces sens et expliquez.

- Citez trois exemples de scènes de la vie quotidienne qui tournent mal représentées dans ce roman.

- Ce roman établit un parallèle entre l'invisibilité des ondes radio et celle des esprits défunts de Mahingan Falls. Dans quel but ?

- Comparez ce roman avec *La Trilogie du mal* du même auteur. Quels sont les thèmes récurrents ?

POUR ALLER PLUS LOIN

ÉDITION DE RÉFÉRENCE

- CHATTAM M., *Le Signal*, Paris, Albin Michel, 2018 [ebook numérique].

ÉTUDES DE RÉFÉRENCE

- SOLDINI F., « Le fantastique contemporain, entre horreur et angoisse », in *Sociologie de l'Art*, vol. 1-2, 2003 : p. 37-67.

- GONON L., « "– Centrale de la police, quelle est votre urgence ?" : Le style américain du bestseller francophone contemporain », in *Belphégor*, Vol. 19, 2021 : 1-14.

- SAVOIE J., « Maxime Chattam, une poétique de l'irrationnel au cœur du roman à suspense » (2016) in *uOttawa*, consulté le 16/10/2021. URL : https://ruor.uottawa.ca/handle/10393/34204

Votre avis nous intéresse !
Laissez un commentaire sur le site de votre librairie en ligne
et partagez vos coups de cœur sur les réseaux sociaux !

lePetitLittéraire.fr

- un résumé complet de l'intrigue ;
- une étude des personnages principaux ;
- une analyse des thématiques principales ;
- une dizaine de pistes de réflexion.

**Retrouvez
notre offre complète sur
lePetitLittéraire.fr**

www.lepetitlitteraire.fr

ISBN version numérique : 9782808024419
ISBN version papier : 9782808024426
Dépôt légal : D/2021/12603/60

Conception numérique : Primento,
le partenaire numérique des éditeurs.